La grande vie

Jean-Pierre Martinet

LA GRANDE VIE

Préface de Denis Lavant

L'ARBRE VENGEUR

PRÉFACE
DE DENIS LAVANT

« Derrière tout cela, il y avait quelqu'un,
Quelqu'un qui devait en savoir plus long que tout autre,
Qui devait posséder une pensée puissante et amère,
Retiré dans ses caves de néant.
Or depuis, je suis demeuré le spectateur inquiet aux dents serrées
Et portant l'interrogation inscrite dans la peau de son front.
Toute mon occupation a été de regarder autour de moi, en moi,
De regarder les hommes et les peuples aussi.
C'est effrayant de regarder ainsi et les foules, armées d'aveugles,
Ont sûrement le bonheur en conquête ! »

Michel DE GHELDERODE

MARTINET...

C'était cette troupe en vol de petits oiseaux sombres, nuage bruissant et criard, qui tournaient sans fin dans le crépuscule au-dessus de la cour d'honneur du Palais des Papes, juste avant que la féerie du théâtre n'allume ses feux. Annonçant la tragédie à venir, ils chantaient, ces volatiles en ronde de sorcières, piaillant à qui mieux-mieux leur chœur désarticulé et chacun pour soi, la mort du soleil dans le crépuscule avignonnais, profitant, dernières agapes, des insectes à gober que l'humidité de la tombée du jour et les feux de la rampe élevaient juste au-dessus de la scène et du parterre. La Grande Vie, quoi !

Cette toute première rencontre avec Jean-Pierre Martinet, je la dois à un certain Préfet Maritime féru de littérature oubliée et de très sensibles auteurs, têtus, émouvants, bouleversants, êtres de papier tôt déchus, incompris, inaperçus, inentendus, relégués aux cachots obscurs des Belles-Lettres. Et il y en a, ô combien ! Donc cet expert en godille des canaux souterrains du Verbe me harponna un soir que je remontais après jouer la rue du Chemin Vert à Paname, me persuadant d'accuser réception d'un des auteurs rares qu'il venait de faire rééditer et qu'il tenait absolument à me faire connaître.

Je ne suis pas homme à refuser ce genre de proposition ; un livre qu'on vous offre c'est toujours une perspective d'évasion, un miroir des songes, grimoire et fantasmagorie. Je cédais donc volontiers à ce représentant de la navigation mon adresse postale. Pourtant il se pouvait aussi bien que ce livre ne me plaise pas et allât s'échouer dans l'une des piles vacillantes du capharnaüm qui me sert de bureau… Car si j'aime toujours recevoir un ouvrage inconnu, je rechigne parfois à être orienté trop ouvertement dans le choix de mes lectures. Préférant par habitude m'en remettre au hasard ou au seul ricochet poétique qui fait qu'un ouvrage en répercute d'autres et ainsi de suite comme une chambre d'écho ou un jeu de miroirs, à l'infini… Or quand je reçus *SchrumSchrum ou l'excursion dominicale aux sables mouvants* de Fernand Combet, je le dévorais d'une traite me disant en moi-même que, décidément, ce Préfet avait bien de la distinction.

À quelque temps de là, lors d'une de mes flâneries en librairie, je tombai sur un petit ouvrage dont la couverture colorée, ornée d'une sorte de panneau signalétique totalement inusité, attira mon attention. L'aspect du court récit qui semblait se dérouler à la première personne du singulier me séduisit d'emblée, moi qui suis toujours en quête de matériaux littéraires susceptibles d'être portés abruptement à la scène ou proférés sans façon ni adaptation devant quelque audience impromptue.

En exergue, une citation de Fritz Lang un peu macabre et donc assez prometteuse dans sa façon d'entrer en contraste avec le titre aux accents somptueux : *La Grande Vie*. Et puis je remarquai que le préfacier de cet opuscule n'était autre que mon Préfet Maritime, si sûr dans ses prises de cap et dans sa connaissance des alizés. C'en était fait ! Jean-Pierre Martinet était entré dans *Ma* vie et je comptais bien ne pas le lâcher ni manquer la moindre de ses réapparitions. C'est ainsi que *La Grande Vie*, que je pressentais dès ma première lecture comme un ouvrage explosif, tant en hilarité qu'en émotion retenue, m'accompagne depuis sa découverte.

J'en avais fait une tentative de lecture publique à la Tour-d'Aigue pour « Les Nouvelles Hébrides », petit festival littéraire et provençal initié par Régine Bidault, et le texte a tenu ses promesses. Les aventures scabreuses et pathétiques de cet avorton d'Adolphe Marlaud aux prises avec la gargantuesque Madame C, concierge au 47, rue Froidevaux, aux appétits hénaurmes et sentimentaux, n'ont pas laissé de rendre tout d'abord les auditeurs sceptiques, perplexes, hébétés. Puis, peu à peu, cette carapace de convenance de s'écailler, de se fendiller, de se rompre, laissant fuser une pétarade d'exclamations équivoques, protestations gentiment outrées ou épanouissements verticaux jusqu'à ce qu'ils s'esbaudissent sans retenue sous l'action des petites bombes hilarantes, à retardement, savamment orchestrées par ce diable de Martinet, laissant même parfois perler le scintillement d'une larme furtivement essuyée.

Car l'histoire de ce petit bonhomme au prénom évocateur n'est pas seulement grotesque et triviale, elle est aussi profondément authentique dans sa geste dérisoire de médiocrité et de grandeur avec, délicatement apposée en filigrane dans le corps du récit l'évocation d'une des périodes troubles de notre Histoire, révélatrice de certaines lâchetés humaines : l'occupation par les Nazis d'une partie du territoire français. Ainsi notre Adolphe veille-t-il, rêvant d'armes de précision, sur la tombe de son père idolâtré qui fut un fonctionnaire de police modèle sous le régime de Vichy. Mais comme l'affirme aussi notre héros-nabot dans son débat intérieur, pris entre son idylle monstrueuse et l'humiliation perpétuelle que lui fait subir son patron aux sentences sibyllines, Monsieur Rameau et fils entrepreneur de pompes funèbres, « Il n'y a pas de drame chez nous, messieurs, ni de tragédie, il n'y a que du burlesque et de l'obscénité. »

Reste la rue Froidevaux inébranlable dans son ennui et sa décrépitude, chantée par Jean-Pierre Martinet avec de troublants accents de blues qui appelleraient sans hésiter la note inspirée de John Coltrane, de Miles Davis ou ce grain de voix si particulier à Billie Holliday. « Et la tristesse des chiens qui guettent la mort sur les murs salis par tant de doigts crasseux. »

C'est dire si ce petit propos est riche de toute l'âpre lucidité d'un Jean-Pierre Martinet, cinéaste raté, humain désabusé d'une vie barbouillée de néant s'acheminant vers une solitude provinciale et, sans doute, une misère affective inégalée, vers son propre étouffement, et cependant capable de transposer cette réalité amère en un festival de figures bien vivaces et délirantes d'humanité. Parlant de lui, peut-être, parlant des autres sans doute, de tous ces êtres laissés-pour-compte, à la dérive de l'existence, qui nourrissent encore des rêves abominables ou divins, parvenus à ce niveau de dignité catastrophique au-dessous duquel il n'est plus que l'anéantissement beckettien, qui peuvent se tailler une morale infecte et candide à la fois dont voici le précepte radical : « Vivre le moins possible pour souffrir le moins possible ».

Grand merci, Monsieur Martinet.

La grande vie

— À qui appartient la terre autour du Cimetière ?

— On la réserve à l'agrandissement du Cimetière.

Fritz Lang, *Les Trois Lumières.*

Et Madame C. se tournait alors vers moi, elle me disait qu'elle avait peur de mourir étouffée ici, dans cette loge minuscule, qui lui laissait juste la place de respirer, entre ses plantes vertes et les photos en couleur de Luis Mariano, maintenant elle ne pouvait plus dépasser le deuxième étage lorsqu'elle montait le courrier, elle avait l'impression de descendre à la cave, d'être assaillie par des rats, de patauger dans l'humidité, sans doute le cœur, me répétait-elle tristement en passant sa main sur ses paupières boursouflées, en été je suis toujours fatiguée, il me faudrait changer d'air, je ne supporte plus Paris, la rue Froidevaux me donne la nausée, un autre ciel, ah oui, la plage, ah la plage, quand j'étais petite fille ma mère m'emmenait à Biarritz, sur la jetée, on respirait alors, le Casino disparaissait sous les hortensias bleus, on y jouait des opérettes, quels décors, mon petit Adolphe, tu peux pas imaginer, enfin elle m'emmenait pas vraiment ma mère, elle suivait ses patrons, elle était domestique, mais l'hiver était très doux, là-bas, le ciel blanc, presque transparent, en décembre on pouvait se contenter d'une cotonnade légère, on mangeait des glaces à l'abricot, oui, j'ai vu trois fois « Le Pays du Sourire » avec maman, et les airs je les connais encore, oui, tu veux que je te les chante, mon petit Adolphe ?

Parfois, aussi, Madame C. était moins nostalgique. Elle se plaignait d'avoir à traverser la cour pour aller chier. Ce qui lui arrivait de plus en plus souvent, ces derniers temps. Elle avait la colique en permanence. Elle me demandait avec insistance si je ne connaissais pas un remède contre la chiasse. Non, je ne connaissais pas. Ce qu'elle supportait le plus mal, c'était de ne pas avoir des waters à elle, à son âge, après plus de vingt ans de bons et loyaux services au 47, rue Froidevaux. « Et en plus, mon petit Adolphe, des chiottes à la Turque ! » Elle suffoquait d'indignation, elle frémissait de rage chaque fois qu'elle me racontait ses malheurs. Je l'écoutais à peine. Je fixais stupidement le mouvement de houle qui agitait son énorme poitrine. Je finissais par avoir le mal de mer. Alors, je m'absorbais dans la contemplation de la photo de Luis Mariano dans « Le Chanteur de Mexico ». Son sourire m'accablait. Si je détournais les yeux, je tombais sur une photo de « Violettes Impériales ». Et toujours le même sourire, figé, inquiétant, des dents éclatantes, ce ciel bleu, vide, ces habits rutilants, ce décor espagnol en trompe-l'œil qui m'angoissait, je ne savais pas très bien pourquoi. « Tu comprends, mon grand, un jour, je vais glisser, avec mon poids, et on ne pourra pas venir me dégager. En plus, avec tous ces salauds qui se branlent dans les vécés de la cour, et qui sont même pas capables de viser le trou ! Et tu crois qu'ils tireraient la chasse ? Y'a même du foutre sur les murs, je t'assure. Misère. C'est sûr, je vais glisser. Déjà je sens qu'on m'aspire. On m'attire vers les profondeurs. En voiture, Simone ! D'abord, le pied coincé, et puis, hop, par ici la sortie, tout le reste vient avec, les cent quatre-vingts kilos, plus de madame C. ! Même pas d'obsèques. Même pas de cérémonie religieuse. On fait pas une messe pour une concierge qui a disparu dans le trou des chiottes. Aucun curé voudrait. D'abord les curés, c'est tous des cons, ils aiment pas les concierges, et les communistes non plus, ils sont aussi cons. » Tout en parlant, elle m'arrachait mes vêtements, puis elle se déshabillait lentement à son tour, presque cérémonieusement, ses seins monstrueux déferlaient sur moi avec un grondement sourd d'avalanche, ils me recouvraient peu à peu, j'avais beau essayer de me débattre j'étais submergé, je n'apercevais même plus le sourire radieux de Luis Mariano, ni les plantes vertes, ni l'horrible tapisserie représentant des légumes, un potager de cauchemar, avec des topinambours, des raves, des choux, des carottes verdâtres, des asperges violettes, j'étais dans le noir, j'entendais encore Madame C. dire faiblement que tous les habitants de l'immeuble avaient des waters individuels, sauf elle, si c'était pas un malheur une chose pareille, une cuvette étincelante, on pouvait se voir dedans avec les produits modernes, une lunette en velours ou en fourrure, une chasse d'eau en or massif, plus belle que le Chah d'Iran et la Chahbanou réunis, des bidets en porcelaine qu'on pouvait se laver au Champagne dedans, ces visions paradisiaques semblaient l'exciter terriblement, tandis qu'elle m'engloutissait, elle était déjà toute marécageuse, elle me remuait brutalement en elle tout en me tenant les pieds pour m'empêcher de gigoter, et puis, lorsqu'elle avait bien joui, après avoir poussé un meuglement qui faisait trembler les murs, elle m'expulsait de son formidable vagin, me laissant seul sur le plancher comme un roi dépossédé, trempé de la tête aux pieds, incapable de dire un seul mot. Lorsqu'elle me voyait trop longtemps demeurer accroupi par terre, d'un air absent, Madame C. m'ordonnait d'aller me laver en me donnant une grande claque sur les fesses. « Allez, hop, mon petit bonhomme, à la douche ! » Je n'osais lui avouer qu'elle aussi aurait eu grand besoin d'une douche, car vraiment, cette fois, j'avais eu peur de mourir asphyxié pendant notre folle étreinte. Si du moins on peut appeler ainsi l'acte répugnant qui nous unissait. Mes cheveux noirs pendaient en mèches sales sur mon front. Je me sentais gluant, visqueux, comme un nouveau-né braillard qui vient d'être chassé du ventre de sa mère, horriblement mal à l'aise, en colère contre tout ce qui l'entoure. Je ne pouvais m'empêcher de penser, certains jours, que, tout de même, Madame C. avait une manière bien étrange de faire l'amour. Elle n'attendait pas que je sois prêt, non, elle me voulait tout entier en elle. J'étais condamné à plonger sans maugréer dans les ténèbres rougeoyantes.

Je comprenais la terreur des habitants de Pompéi lorsque la lave du Vésuve avait déferlé sur eux. Mais je n'arrivais pas à en vouloir à Madame C. D'abord, la passivité à laquelle elle me condamnait n'était pas pour me déplaire. J'ai toujours été un grand paresseux en amour, incapable de prendre l'initiative. Ensuite, n'était-elle pas la première femme à me manifester un peu de tendresse ? Généralement, on me comparait à un cloporte ou à une punaise, ce qui me flattait plutôt car j'ai toujours adoré ces petits insectes. Quand je me regardais dans la glace, le matin, je ne donnais pas entièrement tort à mes détractrices. Cette tête d'avorton maussade, presque toujours ensommeillé, ce teint jaunâtre, comme si j'avais passé la nuit dans un seau hygiénique, cette taille ridicule qui m'obligeait à porter des chaussures à talons très hauts pour ne pas ressembler à un des nains de Blanche-Neige, je me sentais parfois si laid, si misérable, que je détournais les yeux lorsque j'apercevais mon reflet dans une vitrine. Madame C. était encore trop bien pour moi. Je ne la méritais pas. Souvent, je me disais : « Qui es-tu donc, nabot, pour être digne des faveurs d'une telle femme ? » « Quels sont tes mérites ? » Je devais bien reconnaître qu'ils étaient nuls, mes mérites. Bien sûr, il y avait la différence d'âge, mais ce n'était pas le plus important. Lorsque Madame C. me regardait amoureusement du haut de ces deux mètres (le matin, quand il y avait encore un peu de brume, je n'apercevais pas toujours son visage radieux), je sentais bien que ce qui nous unissait était plus fort que ce qui nous séparait. Certes, nous n'étions pas d'accord sur tout. Et alors ?

À cette époque, j'habitais rue Froidevaux, en face du cimetière Montparnasse, au cinquième étage d'un immeuble qui menaçait ruine. De là, j'avais une vue imprenable sur les tombes. Depuis plus de quinze ans, la rue Froidevaux était ma prison. J'étais un détenu modèle. Si je gémissais souvent sur ma condition, je ne me révoltais jamais. Je ne cherchais pas à m'évader. À vrai dire, je ne désirais pas grand-chose. Ma règle de conduite était simple : vivre le moins possible pour souffrir le moins possible. Pas très exaltant, peut-être, comme précepte, mais très efficace. Essayez, vous verrez. J'aimais avant tout passer inaperçu. J'aurais volontiers donné tout ce que je possédais pour être un homme invisible ou un fantôme. À force de raser les murs du cimetière, j'avais fini par prendre leur couleur. Mon père, René Marlaud (1902-1953) était enterré de l'autre côté de la rue. Quatrième Division Ouest. Allée Raffet. J'apercevais sa tombe de ma fenêtre. Elle était minuscule, écrasée entre deux chapelles baroques. Ma mère, Anne Marlaud, née Jacob (1920-1943) a été gazée à Auschwitz. J'avais à peine un an quand elle a disparu en fumée. La rue Froidevaux était laide comme une salle d'attente de deuxième classe perdue dans quelque banlieue où les trains sont si rares que l'on vient là pour dormir, juste pour dormir, au milieu des papiers gras et des restes de sandwichs au jambon, et des canettes de bière si misérables, si solitaires, dans l'urine, les confettis, les scintillants et le vomi, et la tristesse des chiens qui guettent la mort sur les murs salis par tant de doigts crasseux. Dans cette rue, on avait toujours la sensation d'un froid glacial, même au mois d'août. Les passants avaient des allures de chrysanthèmes tardifs, et novembre s'éternisait. Le lierre s'agrippait désespérément aux murs du cimetière, mais au fond, on sentait bien qu'il n'y croyait pas, et qu'il avait été placé là par les soins d'un décorateur neurasthénique. En été, les tombes reverdissaient, et le mur avançait, imperceptiblement. J'entendais parfois des craquements, la nuit, et cela me donnait d'épouvantables crises d'angoisse. Pauvre imitation de la vie. Comme on se sentait seul dans ce désert. Rue Froide. Avec tout ce que cela évoquait : chambre froide, morgue, cadavres abandonnés, jeunes filles à moitié pourries, mauves et vertes et blanches, veaux assassinés à coups de merlin, au petit matin, sous une pluie fine. Comment peut-on porter un nom aussi horrible ? Froidevaux ! Ah, comme vos rues sont froides, messieurs, et comme on y meurt lentement, à petit feu, à petits pas, de chagrin et d'ennui ! Comme le cœur est lourd à porter en vos déserts ! On y chemine en exil toute sa vie. Étrange voyage d'hiver.

Madame C., je l'avais rencontrée en me rendant, comme chaque après-midi, au magasin d'articles funéraires où je travaillais à mi-temps, chez Monsieur Rameau fils, à l'angle de la rue Froidevaux et de la rue Boulard. Je ne prenais mon service qu'à deux heures. Je recevais les clients, je leur vantais brièvement d'un ton sec, professionnel, la splendeur de nos fleurs en céramique, tulipes, violettes, roses, dahlias, les charmes de nos couronnes, la grandeur de nos marbres. J'aimais mon métier. Il convenait à ma nature secrète, amie de l'ombre et du silence. Les affligés qui franchissaient le seuil du magasin, ils étaient si calmes, si résignés. Ils parlaient si bas, ils chuchotaient presque, comme en rêve. Leurs gestes étaient stéréotypés, des gestes d'opéra. Presque morts déjà. Par contre, dès que j'apercevais des jeunes femmes en deuil, je sortais de ma torpeur. Leur teint pâle, leurs yeux rougis, leur maquillage funèbre me bouleversaient. Je me sentais tout drôle devant les veuves de vingt ans. J'avais envie de boire leurs larmes. Si elles enterraient leur mari, j'imaginais qu'elles l'avaient empoisonné. De toute manière, j'étais persuadé qu'elles jouaient la comédie, comme d'ailleurs tous ceux qui venaient ici. Mais comme je les désirais, ces troublantes actrices en noir ! Je devenais onctueux, plat. J'oubliais ma timidité. Je m'enlisais dans un discours redondant. On me jetait des regards excédés. Je m'en rendais compte et j'y prenais plaisir. J'adorais passer pour un imbécile pompeux. Les grands lieux communs ne me faisaient pas peur. Je citais Bossuet, mon auteur préféré. J'étais importun, je tournais autour de mes victimes en me gargarisant de phrases tirées du « Sermon sur la Mort », ou de « L'Oraison Funèbre d'Henriette d'Angleterre ». Je riais intérieurement. J'obtenais des érections fabuleuses. Une fois, une de ces jeunes endeuillées m'avait malicieusement rétorqué que je ferais bien mieux de relire le « Traité de la Concupiscence ». J'étais bouleversé. Tant d'intelligence chez une femme, comment était-ce possible ? « La vérité dans une âme et dans un corps » dont parlait Rimbaud, c'était donc cela ? Joie, joie, pleurs de joie, ma vue se brouillait, mon cœur battait la chamade, je m'enivrais de mes propres mots. Est-ce que ses sous-vêtements étaient noirs, eux aussi ? Cette idée me rendait malade. Culotte noire, soutien-gorge noir. Des larmes de désir sur ce linge funèbre. Elle pleurait, l'endeuillée, elle pleurait, elle était toute moite, toute molle, elle fondait, et moi avec, égaré entre ses cuisses tièdes à l'odeur de poisson pourri, de varech, de parc à huîtres caressé par un vent chaud, du côté d'Andernos, quand le Bassin d'Arcachon n'est plus qu'un paradis de vase, à marée basse, dans la grande lumière de midi. Je devenais intarissable, la jeune femme ne savait plus comment se débarrasser de moi, ma langue enflait dans ma bouche, elle enflait à m'étouffer, et mon patron avait été obligé de me chasser à petits coups de pied dans l'arrière-boutique, comme un caniche qui s'est oublié au salon. J'aurais donné plusieurs années de ma vie pour passer une soirée avec cette ravissante veuve, si spirituelle. Un autre jour, une gamine d'une douzaine d'années, en jeans et en tee-shirt noirs (ses seins devaient être nus sous le coton léger, je les sentais palpiter doucement, leur pointe avait l'air d'être déjà dure comme un bourgeon précoce) m'avait fait déménager tout le magasin sous prétexte qu'elle cherchait une plaque en matériau rare pour sa mère. Elle avait un regard insolent. Ses yeux verts disparaissaient sous le rimmel. Ses cernes mauves me fascinaient. J'étais persuadé qu'elle me jouait la comédie, et qu'elle avait seulement l'intention de rire à mes dépens. Aucune plaque ne lui convenait. « Moche, tout ça, moche », me répétait-elle, en me jetant des regards méprisants. J'avais une envie folle de lui demander si elle se masturbait souvent, et si oui, combien de fois par jour. Elle me dépassait déjà d'une bonne tête. Elle marchait sur les pierres tombales, en passant de temps en temps sur ses lèvres maquillées en violet une minuscule langue rose de petite chatte gourmande. Par bonheur, mon patron était absent. « C'est laid, chez vous. J'ai jamais vu des horreurs pareilles. » Elle donnait des coups de pied dans les fleurs en céramique, elle s'amusait à faire tomber les crucifix du mur, de temps en temps, son tee-shirt se soulevait et j'apercevais sa peau dorée, si tendre, si tiède sans doute, avec ce léger duvet blond, angélique. J'étais en extase. Je n'avais vraiment pas le courage de gronder cette charmante petite fille. Inconsciemment, comme un somnambule, je m'approchais d'elle, ma main caressait sa nuque, mon corps se collait au sien pour lui montrer un article particulièrement rare que nous avions en réserve dans l'arrière-boutique, mais oui, venez, mademoiselle, venez, un objet superbe, admirablement sculpté, je crois qu'il vous conviendra, votre maman sera contente, vous aimiez beaucoup votre maman, n'est-ce pas, c'est bien, ça, il faut aimer sa maman, et son papa aussi, la mort est une chose sacrée, je vous en prie, laissez-vous faire. Un terrible coup de coude m'a envoyé valser au milieu des couronnes mortuaires. La gamine s'est ruée vers la porte en éclatant de rire. « Vous êtes une limace ! m'a-t-elle jeté avant de disparaître, une grosse limace baveuse. On a envie de vous écraser. » J'étais heureux quand même. Je souhaitais à cette petite fille tout le bonheur du monde. Mais la question restait posée : portent-elles des sous-vêtements noirs, les endeuillées ? Comme cette idée me troublait ! Parfois, elle m'empêchait de dormir. Pour être tout à fait franc, je m'étais rarement posé la question en croisant, tous les après-midi, à deux heures moins cinq, la concierge du 47, rue Froidevaux, qui portait le deuil de son mari depuis des années, et qui paraissait inconsolable. Madame C., paquet de ténèbres, la dévoreuse. Elle me guettait depuis longtemps déjà, derrière les rideaux sales de sa petite loge, entre ses géraniums et ses plantes vertes. Fosse béante, ténébreuse, vagin d'ogres, tombeau de sommeil et de nuit, nuit des marécages, marécages du silence, silence de la mort. Chaque fois que je dépassais le numéro 47, elle me faisait un petit signe amical. Cela durait depuis des mois. Je ne lui répondais jamais. Au contraire, je pressais le pas. J'ai toujours été d'une timidité maladive. De plus, je redoutais d'arriver en retard au magasin. Mon patron était un homme sévère, qui ne tolérait pas la moindre seconde de retard. « Notre ponctualité, mon petit bonhomme, c'est l'hommage que nous rendons aux morts. Et ils nous le rendent bien, croyez-moi. » Il me répétait souvent ces deux phrases en plongeant dans mes yeux craintifs son regard noir, sans tendresse. J'étais toujours le premier à détourner les yeux, comme, dans la rue, si quelqu'un venait en face de moi, j'étais le premier à céder le passage, tout en m'excusant auprès du goujat qui avait failli me bousculer. Je n'ai jamais très bien compris ce que voulait dire la deuxième phrase. Il la prononçait parfois d'un ton si solennel que j'étais pris de frissons. Le soir, je l'aidais à mettre son manteau. S'il était un peu poussiéreux, je l'époussetais. Je crois bien que Monsieur Rameau me méprisait pour ma servilité. Il ne me remerciait jamais. Tous les jours, à deux heures, l'air inquiet, je lui demandais des nouvelles de sa santé. Invariablement, il me répondait d'un ton irrité : « Elle est bonne, mon ami, elle est bonne. Bon chien chasse de race. Oui. Bon chien. Hin hin. » Ses derniers mots n'étaient pas très clairs à mon esprit d'humble employé. Quant au petit rire de gorge qui ponctuait immanquablement le bon chien, je le trouvais horripilant. Je m'obligeais pourtant à rire, moi aussi. Hin hin. En mon for intérieur, je me disais : « À bon chat bon rat. » Quelle insolence, quel courage. Parfois, mon audace m'effrayait. Je redoutais que Monsieur Rameau ne pénétrât par effraction dans mes pensées subversives. Tels ont été nos seuls échanges, pendant près de dix ans. Mon patron, lui, ne s'inquiétait jamais de ma santé. Il avait l'air de s'en foutre royalement. Je trouvais cela un peu humiliant. Après tout, j'étais un être humain, comme lui, et mon teint urineux, ma maigreur de déporté, les crises d'asthme dont j'étais parfois atteint, au bureau, auraient dû attirer un peu plus de sollicitude de la part d'un homme dont je connaissais les convictions humanistes (il avait des responsabilités à la section du Parti socialiste du 14e arrondissement). Mais non, rien. Bon chien. Tu parles. Bon chien mange du veau froid. Oui, Monsieur Rameau, oui, Monsieur Rameau, bien, Monsieur Rameau. Hin hin. Au revoir, Monsieur Rameau. Mon meilleur souvenir à madame votre épouse, et à votre fille, Jacqueline. Quelle belle jeune fille, Monsieur Rameau, quelle belle jeune fille. Il sera heureux, l'homme qui l'épousera. Oui.

Madame C., donc, un jour du mois d'août, ne s'est plus contenté de me faire un petit signe de la main. Elle m'a invité à venir prendre un petit verre d'alcool chez elle. Un calva de vingt ans d'âge. Je n'ai pas répondu, et j'ai accéléré le pas, en essayant de prendre un air dégagé. Avec mes talons hauts, je ne peux pas marcher vite, malheureusement, car sinon, je perds l'équilibre. Madame C. m'a couru derrière, elle n'a pas tardé à me rattraper, et sa poigne énorme s'est abattue sur moi. Sous le choc, j'ai failli m'écrouler. Quand j'étais petit, un jour, j'ai failli être happé par une grue, au cours d'une promenade sur le port de Bordeaux, avec mon père. Le conducteur s'était vite rendu compte de son erreur et m'avait rendu à la terre ferme, gesticulant et braillant, au bout de quelques minutes. Mon père m'avait serré fort contre lui, et l'horrible sensation de terreur qui m'avait envahi quelques instants s'était évanouie. Le soir, j'avais eu une crise d'asthme telle que je croyais que plus jamais le moindre centimètre cube d'air ne pénétrerait dans mes poumons. C'était un peu cette sensation que je retrouvais tandis que la concierge me ramenait vers sa loge. Je refoulais mes larmes, tandis qu'elle m'installait sur un tabouret en formica, dans sa cuisine, devant un verre de calvados. Je n'osais avouer que je ne supportais pas l'alcool. Je demeurais les yeux baissés, regardant stupidement la toile cirée où une mouche se débattait sans conviction dans une petite flaque de vin. « Alors, mon petit, les jolies femmes te font peur ?... » Je ne répondais toujours rien. Je pensais à Monsieur Rameau et à son bon chien qui chasse de race, hin hin. À la place du verre de calva, je voyais une horrible tranche de veau froid, entourée de nouilles froides. Ma vie, là, devant moi. J'ai éclaté en sanglots, d'un seul coup, et Madame C. m'a arraché à mon siège pour me blottir entre ses énormes seins. J'éprouvais une étrange sensation de bien-être. Elle me couvrait de baisers. Son haleine empuantissait l'alcool. Ses lèvres me suçotaient le nez voluptueusement. Je n'avais jamais vu une bouche aussi grande. Un gouffre. La glotte gloutonne. Glugluante. Ensalivée. La langue démesurée, frétillante, violacée, la belle luette, montant, descendant, se tordant comme un serpent dans une caverne rouge. Elle glougloutait des mots tendres, Madame C. « Il ne faut pas pleurer, mon bébé, il ne faut pas. » Elle me berçait en chantonnant. « Mon petit chat est bleu. / S'il est bleu, / Tant mieux ; / S'il est gris, / Tant pis. » Ses seins sentaient la sueur et l'eau de Cologne. Elle m'a reposé sur le plancher. Je me suis demandé avec angoisse comment un mastodonte pareil pouvait vivre dans une loge aussi petite. De nouveau, j'avais peur. La concierge m'a forcé à boire mon verre de calva. « Bois, mon petit chat bleu, ça donne des forces. Allez, un petit effort. Il faut. IL FAUT ! » Elle devenait sévère. Elle m'a ouvert la bouche en me desserrant les dents de force. Le liquide ambré m'a brûlé l'estomac, et j'ai eu un haut-le-cœur. Madame C. m'a donné un rendez-vous pour le soir. Dix-neuf heures, après la fermeture du magasin. Il n'était pas question de ne pas venir. « Tu es mon petit chat bleu. Tu me plais. C'est un homme comme toi qu'il me faut. Depuis la mort de mon mari, c'est la première fois que je tombe amoureuse. Il était un peu comme toi, pas très grand, mais bel homme. Tu passeras toutes tes soirées avec moi, sauf le dimanche où je rends visite à ma mère. Nous ferons l'amour. Ce n'est pas gai, pour une grosse femme comme moi, de vivre toute seule dans un si petit appartement. Tu seras libre vers dix heures, dix heures trente. Tu pourras dormir chez toi. Quand on s'aime comme toi et moi, il vaut mieux ne pas partager le même lit. À ce soir, mon petit. »

J'ai quitté la loge en courant. J'étais en nage. Je me suis retourné malgré moi. Madame C. me regardait m'éloigner, les poings sur les hanches, un large sourire sur sa face rougeaude et boursouflée, un sourire comme une affreuse blessure dans ses chairs molles, gonflées d'eau. Je n'en revenais pas. C'était une prise d'otage. Madame C. faisait peut-être partie d'un commando palestinien. Après tout, elle avait peut-être appris que j'étais juif par ma mère. En poussant la porte du magasin, j'ai été pris d'une crise d'asthme. Monsieur Rameau me regardait suffoquer, d'un air irrité. Il m'invitait à regarder la pendule : il était deux heures vingt. En dix ans de service, je n'avais jamais été en retard. Je me dégoûtais. Je n'étais pas digne de. Quand la crise d'asthme a passé, je me suis mis à classer quelques dossiers nécessaires à la comptabilité du mois d'août. Heureusement, il n'y avait pas de clients. Monsieur Rameau s'est approché de moi et m'a demandé sèchement pourquoi je ne lui demandais pas des nouvelles de sa santé, aujourd'hui. Je lui ai demandé humblement de me pardonner. Je me suis exécuté d'une voix tremblante. Et s'il me renvoyait, là, sur-le-champ ? Que deviendrais-je ? Je ne savais rien faire, à part lire et voir des films. Heureusement, le bon chien chassait toujours de race, hin hin. Quel soulagement !

Vers quatre heures, je suis allé vomir contre le mur du cimetière.

Tout l'après-midi, j'ai pensé à mon horrible situation. Ma vie plate, ma pauvre vie de cloporte qui dort sous une pierre moussue, voilà qu'elle était bouleversée, d'un seul coup. Madame C. ne lâcherait pas sa proie, maintenant. Le petit chat bleu n'aurait plus le droit d'aller jouer ailleurs que chez elle. Bien sûr, je n'aurais pas dû me laisser harponner aussi facilement, mais comment un avorton d'un mètre quarante (avec talons) et pesant à peine trente-huit kilos, pourrait-il résister à une masse de près de cent kilos qui s'abat sur lui avec la soudaineté d'une lame de fond ? Ainsi le tourteau dort paisiblement dans une anfractuosité de rocher, mais le pêcheur le débusque et le condamne à grouiller au milieu de ses semblables, avant d'être ébouillanté. Quitter la rue Froidevaux ? Il n'en était pas question. Jamais je ne pourrais vivre ailleurs. Pourtant, je détestais cette rue, mais je m'y déplaçais comme à l'intérieur de moi-même. C'était la rue sans joie. C'était ma prison, verrouillée à droite par l'horrible place Denfert-Rochereau, la plus laide de Paris, avec son stupide lion verdâtre accroupi pour l'éternité. Je ne dépassais jamais, sauf pour aller au cinéma, le square Georges-Lamarque, et la statue de Ludovic Trarieux (1840-1904). À gauche, l'avenue du Maine, son tintamarre, sa vulgarité clinquante, et, tout au bout, cette Tour Montparnasse dont la laideur me glaçait le cœur chaque matin, et que j'imaginais en feu, souvent, la nuit, avant de m'endormir. En face, le cimetière, ce cimetière qu'aimait tant Strindberg. J'y avais mes habitudes. Tous les matins, vers dix heures, j'arpentais dans les deux sens la rue Émile-Richard, qui partage le cimetière en deux. Je l'appelais le boulevard Ossements, en hommage à Léo Malet. Je veillais avec un soin jaloux à la propreté de la tombe de mon père. Les fleurs étaient renouvelées régulièrement. Je ne supportais pas qu'un animal vînt se promener dans ce périmètre sacré. Surtout les chats. On devrait interdire l'accès des cimetières aux chats. J'avais acheté une longue-vue de marine pour surveiller de chez moi la tombe bien-aimée. Je comptais faire bientôt l'acquisition d'un fusil à lunette, dernier modèle, muni d'un silencieux, pour abattre tout animal qui viendrait souiller la tombe de René Marlaud (1902-1953). À cet effet, je mettais tous les mois de côté une partie importante de mon salaire. Je n'aurais aucun problème pour me procurer un permis de port d'arme, grâce à un ami de mon père qui m'avait servi de tuteur après sa mort. René Marlaud (1902-1953) méritait bien cela. C'était un fonctionnaire modèle. Je devais tenir de lui ce goût presque maladif pour le travail bien fait. Il avait participé à la rafle du Vel-d'Hiv, en 1942. Policier bien noté par ses chefs, il m'avait appris ce que c'était qu'un homme de devoir. J'avais neuf ans quand il est mort, en 1953. Quelques années après, on m'a laissé entendre qu'il s'était suicidé, mais cela n'a jamais été prouvé. Je n'ai pratiquement pas connu ma mère. Je ne sais même pas à quoi elle ressemblait, car mon père avait fait disparaître toutes les photos où elle figurait. Je crois savoir qu'il l'avait dénoncée à la Gestapo. C'est du moins ce qu'ont insinué certains, pendant longtemps. Moi, je ne savais que penser. Ce qui est sûr, c'est qu'il avait divorcé en 1942, en pleine Occupation, et que ma mère avait dû reprendre son nom de jeune fille, Jacob. « Histoire de lui apprendre les bonnes manières », disait mon père, car elle le trompait, et ne s'en cachait pas. « Ta mère était une putain », me répondait-il simplement lorsque je lui posais des questions un peu trop insistantes sur celle à qui je devais la vie. Il n'ajoutait rien, et, pendant toute mon enfance, le mot « mère » a été associé au mot « putain ». Je me répétais cette phrase de temps en temps, au bureau, des années après, et elle me remplissait de honte. Par contre, l'acte immonde auquel avait participé mon père ne m'indignait pas vraiment. Je le condamnais, certes, mais il ne me soulevait pas le cœur. Mon indifférence me paraissait le signe d'une profonde tare morale. Le sang juif qui coulait dans mes veines, et dont j'aurais dû être légitimement fier, je ne l'acceptais pas, mais l'ignominie de mon père, elle, je l'assumais entièrement, au point de défendre sa mémoire chaque fois qu'on l'attaquait devant moi, et de veiller en chien fidèle sur sa sépulture depuis des années. Par contre, lorsque l'on évoquait en ma présence le martyre de ma mère, je faisais juste semblant de compatir. Mais au fond de moi, je n'éprouvais rien. Et je me disais que ce qui lui était arrivé était normal pour une putain.

À dix-neuf heures, voyant que je ne me disposais pas à quitter mon bureau, et craignant sans doute d'être obligé de me payer des heures supplémentaires, mon patron m'a saisi par le revers de mon veston, et m'a jeté dehors sans ménagement. Je suis revenu vers le magasin pour lui dire au revoir, mais il a refermé le rideau de fer sur moi. J'ai retiré mon bras à temps. Je ne lui en voulais pas. C'était un homme un peu brutal, mais si bon, au fond. Me voilà en exil, de nouveau. J'étais condamné à passer devant le numéro 47. J'ai traversé la rue Froidevaux, je me suis collé au mur du cimetière, j'aurais voulu me fondre en lui, le lierre me giflait le visage, mon pardessus gris se mêlait au salpêtre, je m'écorchais les ongles, mais ce n'était pas encore la nuit, hélas, les morts étaient si tranquilles de l'autre côté, ce n'était pas encore la nuit, août encore une fois, la musique du temps, chaude et humide, de l'autre côté reposait mon père, René Marlaud, 1902-1953, et de ma mère nulle trace, partie en fumée quelque part en Allemagne, août, de nouveau, mais quand donc viendrait la nuit, et Madame C., en face, qui me guettait avec son œil d'hippopotame. Je ne pouvais m'empêcher de détourner mon regard du mur gris. La tête de la concierge émergeait des marécages. Il devait faire affreusement chaud, et pourtant, j'avais froid. J'ai remonté le col de mon pardessus en poil de chameau. Je m'enrhumais si facilement. Toute ma vie, j'ai eu froid. Sauf quand mon père me prenait dans ses bras et qu'il me permettait de caresser son visage piquant de barbe. Août, tous ces feuillages, les insectes qui s'accrochaient aux cheveux en bourdonnant, et le boulevard Ossements lui-même, dans sa mélancolie verdâtre. Il y avait un silence étrange, misérable. On avait envie de tourner sur soi-même, tourner, tourner, jusqu'à ce que l'on tombe, avion en flamme, comme lorsqu'on était petit. Et ces odeurs d'herbe qui venaient d'on ne sait où, des jardins, là-bas, sans doute, au-delà des tilleuls, dans la splendeur des roses trémières. Une jeune femme en robe d'été pleurait au milieu de la rue, silencieusement. Elle remontait en vain un jupon sale, qui retombait toujours. Le lierre, sur les murs du cimetière, avait des reflets noirs. Le grillage qui le protégeait des vivants était peint en violet. Pourtant, si l'on voulait, on pouvait marcher contre les pierres grisâtres, comme moi, c'était une question d'habitude. Je contemplais un gésier de poulet d'où sortait un peu de grain concassé, quelques cailloux minuscules. La vie ne m'avait jamais paru aussi lente et atroce. Terrifiante. Le ciel prenait une vilaine couleur de foie de veau avarié. Il pleuvrait, cette nuit. Avec de l'orage, peut-être, et un vent très fort.

Madame C. a traversé la rue, et m'a pris par la main.

L'étrangeté de nos rapports sexuels m'avait un peu déplu, au début, bien sûr, et puis j'avais fini par y trouver du plaisir. On s'habitue à tout. Je me lavais longuement après l'amour. Après tout, ce n'était pas tellement déplaisant d'être un homme-phallus, comme il y avait des hommes-canons, autrefois, dans les cirques. Madame C. était souvent très mélancolique. Elle n'était intarissable que sur son enfance. En dehors de ça, et de la question des waters, elle était la plupart du temps silencieuse. Elle ne me parlait jamais de son mari. Je savais seulement que je lui ressemblais. Un soir, elle m'a confié qu'elle se faisait chier sur terre, mais à un point pas permis. Quand elle m'avait extirpé de son vagin, elle se tapait une dizaine de calvas et s'endormait, recroquevillée sur elle-même comme un fœtus monstrueux. Je m'éclipsais discrètement, et je regagnais alors mon petit appartement. Parfois, Madame C. me faisait penser à une reine en exil, ou à une princesse orientale que la réclusion aurait rendu obèse. Elle avait peut-être été très belle, dans une vie antérieure. Un soir, je lui ai apporté un vieux disque de Fréhel.

« Vous savez, Madame, c'est la chanson qu'elle écoutait dans "Pépé le Moko". » Je n'arrivais pas à l'appeler autrement que « Madame », car elle m'intimidait. « C'est beau, mon petit Adolphe, comme c'est beau ! » Elle pleurait.

Elle aimait beaucoup la lecture, Madame C. Souvent, elle ouvrait le courrier des habitants de l'immeuble (« tous des salauds, me confiait-elle, tu peux pas imaginer les cochonneries que je lis. Les lettres qui me plaisent pas, je les donne pas. Les autres, je les referme, ils y voient que du bleu. De toute manière, je les emmerde. L'humanité, c'est fumier et compagnie, mon petit chat bleu »). Elle était sentimentale : Max Du Veuzit, Guy des Cars, Gilbert Cesbron, Didier Decoin. Pour son anniversaire, je lui ai offert « Pnine ». Elle m'a demandé si ce Nabokov n'était pas un communiste. Je l'ai rassurée. « Vous verrez, c'est très beau. C'est l'histoire d'un homme seul. C'est notre histoire à tous. On pleure. » Elle s'est arrêtée à la dixième page. « C'est con, ton truc », m'a-t-elle dit simplement. Même échec avec Pierre-Jean Jouve et « le Monde Désert ». « Qu'est-ce que c'est que cette histoire de pédés ? Tu donnes dans le genre curé maintenant ? » Je n'avais pas de chance avec mes livres. J'aurais mieux fait, sans doute, de la laisser lire ce qu'elle aimait. Mais non. J'étais obstiné. Je ne tolérais pas que l'on n'aimât pas les mêmes choses que moi. Avec « Senilità » de Svevo, ça a été le bouquet. Elle pensait que je voulais me moquer d'elle. « J'ai quarante-huit ans, mon petit Adolphe, et je suis pas encore une vieille femme, souviens-t'en ! » C'était une femme blessée. Elle avait sans doute trop souffert, autrefois, elle était devenue hargneuse, Madame C. J'étais découragé. Je n'avais plus grand-chose à lui dire. Nos rapports commençaient à me dégoûter. De plus, depuis le début de ma romance, j'éprouvais un terrible sentiment de culpabilité : la tombe de mon père était un peu négligée. Je ne mettais pas le même soin qu'auparavant à traquer les pollueurs.

C'est vers la fin du mois d'août que le drame a éclaté. Je parle de drame, mais ce n'est pas le mot qui convient. Il n'y a pas de drame, chez nous, messieurs, ni de tragédie, il n'y a que du burlesque et de l'obscénité. On n'est pas heureux, mais on se marre bien. Jaune, bien sûr, mais enfin. Et puis avouons-le, le malheur fait rire. Ce sont les hypocrites qui prétendent le contraire (d'ailleurs, ils gloussent en secret en contemplant le désordre du monde, nos grands humanistes). Madame C. a voulu, un soir, que nous allions ensemble au cinéma. Je ne tenais guère à m'afficher avec elle, mais comme elle insistait, j'ai fini par céder. C'était un film porno dont on lui avait dit beaucoup de bien, « Les Limeuses », et que l'on jouait au « Maine », juste derrière la loge. Moi, je n'ai rien contre le porno, au contraire, et j'ai suivi docilement Madame C. Après tout, mieux vaut un mauvais porno qu'un bon film du Louche, ou se triturer les méninges pour savoir si Romy Schneider va avorter ou pas dans le dernier film de Sautet. La pornographie n'est pas toujours où l'on croit. Le film était loin d'être nul. Deux ou trois scènes étaient même belles, troublantes. L'actrice principale était assez bouleversante. Madame C. retenait son souffle. Il y avait peu de spectateurs dans la salle, heureusement, ses deux mètres ne gênaient personne. Pauvre public, clairsemé, frileux, attendrissant. Quand la lumière s'est rallumée, Madame C. s'est levée sans dire un mot. Elle ne paraissait pas dans son état normal. Elle n'a pas desserré les dents jusqu'à la loge. Elle me tenait par la main et me serrait très fort. Je la sentais troublée. Arrivée à la loge, elle s'est déshabillée fébrilement. Puis elle s'est assise sur un tabouret, et m'a regardé d'un air grave : « Tu sais ce qui m'a le plus touché dans ce film, mon petit chat bleu, c'est quand la baronne se fait enculer par son cuisinier, au milieu des plats qui mijotent… Tu voudrais pas qu'on essaie, dis ?… » Sans attendre ma réponse, elle m'a empoigné, m'a arraché mes vêtements, et a essayé de m'introduire entre ses énormes fesses. L'idée d'un tel voyage m'a rendu fou, cette fois. J'ai réussi à lui échapper, l'horreur de la situation décuplait mes forces, c'en était trop, l'avorton se révoltait, il hurlait, il sautillait de tabouret en tabouret, et pour finir, il a assommé Madame C. avec une énorme marmite. Puis il est rentré en courant chez lui, nu comme un ver, et il s'est enfermé à double tour.

Pendant quinze jours, je n'ai pas quitté mon appartement. J'ai téléphoné à mon patron pour lui dire que j'étais assez sérieusement malade. De terribles crises d'asthme me clouaient au lit. Je vivais dans un état de terreur perpétuel. Le moindre bruit me faisait sursauter. À chaque instant, surtout la nuit, je croyais entendre le pas éléphantesque de Madame C. dans l'escalier. Ma porte était solidement verrouillée, mais je savais fort bien qu'elle était capable, d'une simple pichenette, de la faire voler en éclats. Je faisais des cauchemars où King-Kong me poursuivait pour me sodomiser. Des géantes déguisées en petites filles m'entouraient en tapant des mains. Je m'enlisais dans des sables mouvants, je coulais à pic, sans même pouvoir crier. Parfois, le vagin de Madame C. était pourvu de dents, et elle me menaçait de me couper en deux si je n'étais pas gentil avec elle. Le matin, j'étais si déprimé, si angoissé, que je n'avais même pas le courage de surveiller la tombe de mon père. Je restais toute la journée affalé sur mon lit. J'avais fermé les volets pour ne plus apercevoir le cimetière écrasé de chaleur. Parfois, aussi, Madame C. me manquait, et je me demandais pourquoi elle ne venait pas me voir et j'éclatais en sanglots. J'avais horriblement froid.

Je commençais à me rétablir, lentement. Je n'avais plus peur de sortir de chez moi. J'étais prêt à présenter des excuses à Madame C. pour l'avoir assommée. Je me suis donc arrêté devant la loge. Elle n'était plus là. C'était une petite vieille, toute rabougrie, qui la remplaçait. « Comment, vous n'êtes pas au courant ? Vous n'avez donc pas lu le journal ? Madame C. a essayé de se suicider en se jetant sous le métro, à la station "Gaîté". C'est drôle, non ? La pauvre femme ne devait plus avoir toute sa tête à elle. Et alors, tenez-vous bien, monsieur, figurez-vous que mémère, elle a même pas réussi à se faire écrabouiller. C'est le métro qui a déraillé. Six blessés légers, oui monsieur. Moi, je dis que des femmes comme ça, c'est des dangers publics, voilà. D'abord, elle était trop grosse, Madame C. C'était une anormale. Où elle est ? À Sainte-Anne, je crois bien. Oui, chez les fous. » La petite vieille semblait aux anges, en racontant les malheurs de celle qu'elle avait remplacée. Je suis parti en haussant les épaules. Tout cela ne me concernait plus.

Monsieur Rameau m'a accueilli froidement, au magasin. Il ne m'a même pas demandé si j'allais mieux. Lui, il n'était pas très bien portant, en ce moment. Il m'a confié qu'il craignait d'avoir un cancer. Il restait assis dans le magasin, devant ses fleurs en plastique, les mains sur les genoux, des heures entières. Il regardait je ne sais quoi dans l'espace. Bon chien ne chassait plus de race. Bon chien n'avait plus de goût à rien, même à m'humilier.

Tous les soirs, comme d'habitude, à dix-neuf heures, je quittais le magasin. C'était moi qui fermais le rideau de fer, maintenant. La lumière d'août était implacable, encore, à cette heure-là. Pas une ombre dans la rue. Pourtant, je grelottais. Mon pardessus me protégeait mal. J'avais des bourdonnements d'oreille. Le lierre était immobile. Pas un souffle d'air. Parfois, j'allais m'asseoir en face de la statue de Ludovic Trarieux, 1840-1904, entre des vieillards qui, comme moi, n'avaient plus envie de rien et ne partaient pas en vacances. Je ne désirais nullement quitter la rue Froidevaux. Les voyages me faisaient horreur. D'ailleurs, où aller ? Le monde est une prison. Ma cellule me suffisait. Parfois, un vent chaud soulevait la poussière du square Georges-Lamarque. L'odeur âcre de l'urine des chiens faisait venir les larmes aux yeux. Je pensais souvent à ce cinéaste japonais, Ozu, qui avait fait graver ces simples mots sur sa tombe : « Néant ». Moi aussi je me promenais avec une telle épitaphe, mais de mon vivant. Je tombais dans le vide du temps, et rien, ni personne, ne pourrait me retenir. Le monde, à mes oreilles, n'était qu'une musique funèbre. Vers huit heures, je regagnais mon appartement. Mes soirées d'été étaient bien remplies depuis que l'on m'avait livré mon fusil à lunette. L'admirable objet. La nuit, parfois, je me levais pour le caresser. Parfois, même, je l'admettais dans mon lit. C'était une merveilleuse maîtresse, si chaste, si froide. Le matin, j'ouvrais en grand la fenêtre, et je dirigeais le canon vers la tombe de mon père. Hier, j'ai abattu un chien qui s'approchait d'un peu trop près. La première balle l'a seulement blessé à la patte, il a essayé de s'enfuir, mais je lui ai logé une balle dans la tête. Pour l'exemple. Avis aux amateurs. Que le monde est étrange à travers un viseur. Géométrique. Propre. Cristal de neige. Un cercle, une croix : le dépouillement absolu. Le vide. Parfois, je m'amusais à tirer sur les papillons, comme ça, pour le plaisir. Ils disparaissaient en poussière dans la lumière d'été. J'éprouvais un sentiment de puissance que je n'avais jamais connu auparavant. Et dire que je m'étais pris longtemps pour un avorton !

Comme j'ignorais les forces insoupçonnées qu'il y avait en moi ! Je serais dur et froid, désormais, comme il convient quand on est investi d'une mission. De temps en temps, je m'amusais à diriger mon fusil sur les passants. D'un seul geste, j'aurais pu les renvoyer au néant d'où ils venaient. Mais je leur faisais grâce. J'avais pitié d'eux. Je ne pensais pratiquement plus à Madame C. Je ne souffrais plus guère, ou plutôt, ma souffrance était d'un autre ordre, c'était la solitude des rois, des dieux, des grands conquérants, la tristesse attendrie qui m'envahissait lorsque je voyais mes sujets, ces pauvres larves, ramper sous ma fenêtre. Je possédais la nature : les arbres, dans mon viseur, s'inclinaient devant moi, ils imploraient mon pardon, et les oiseaux des cieux, et les saisons, et les nuages, tous coupables. Mais était-ce leur faute ? J'aurais sans doute mieux fait de ne pas les créer.

Chaque matin, je saluais mon peuple, les morts, mes seuls amis, d'un grand geste de la main. Je veillais sur eux comme Dieu veille sur les vivants. Je ne savais même plus qui était Madame C. Ni Monsieur Rameau. Je n'allais plus travailler. La veille, trois chats avaient été passés par les armes, trois chats blancs rachitiques qui avaient pris la mauvaise habitude de dormir sur la tombe de mon père. Et pourquoi donc les aurais-je épargnés ? René Marlaud, 1902-1953, exigeait leur tête, je devais la lui accorder, car sa colère aurait pu être terrible. J'éprouvais de plus en plus souvent le désir de tirer sur les passants, au hasard. Ce matin, dans mon viseur, est apparue la sale gamine qui m'avait traité de limace, au magasin. Je lui ai fait grâce, pour cette fois, mais qu'elle ne repasse plus dans la rue ! Elle n'était plus en deuil, bien sûr. Je l'ai suivie le plus loin possible avec mon viseur, et lorsque je l'ai perdue de vue, j'étais tellement excité que je ne tenais plus en place. Oui, jusqu'à quand ferais-je grâce à mes sujets ? La nuit, souvent, j'étouffais. Il me semblait entendre mon père respirer auprès de moi. Son haleine était fétide. Je pensais avec horreur à ce que disait Strindberg dans « Inferno » : « Car ils ont l'haleine mauvaise, les morts, comme les débauchés après une nuit blanche.» Je ne m'endormais souvent qu'au petit matin, quand les oiseaux commençaient à me narguer.

Début septembre, il y a eu une lettre de Madame C. Elle était toujours à Sainte-Anne. Elle se plaignait de la nourriture, qui n'était pas bonne, et de la promiscuité. Elle m'appelait toujours son «petit chat bleu». Je lui manquais. Elle me demandait si je pouvais lui envoyer la photo de Luis Mariano dans «Violettes Impériales», celle qui était au-dessus du buffet. Elle me disait que ça lui ferait un peu de compagnie. Elle tenait des propos incohérents sur la frontière espagnole, et me parlait de Fontarrabie, juste en face d'Hendaye, où la lumière était si belle. Est-ce que je pouvais lui dénicher une carte postale en couleurs naturelles de Biarritz au printemps? Le Casino, si possible. Sinon, le Rocher de la Vierge. Elle aurait bien aimé, aussi, une boîte de marrons glacés, et quelques grandes sucettes rutilantes, de la marque

« Marquise de Sévigné ». Mais est-ce que cela existait encore ? Elle me demandait des nouvelles de sa petite chatte persane, Missia, morte en 1938. J'étais chargé de lui faire des câlins de sa part. Elle n'était pas trop malheureuse, ici, on était assez gentil avec elle, mais elle savait que, lorsqu'elle sortirait, elle serait une très vieille femme, avec des cheveux blancs, et que, alors, séduire un homme, ce ne serait plus possible. Cela l'inquiétait parfois, et son sommeil était moins bon. Mais enfin, elle prenait sur elle. Elle me remerciait d'avance, elle m'embrassait les mains, et me souhaitait un joyeux Noël, à mon papa, et à ma maman, et à tous mes frères, et à toutes mes sœurs, et aussi à l'humble capitaine, et aussi à tous mes animaux domestiques, à tous mes jouets, à mon ours en peluche, et, bien sûr, aux dindons de la basse-cour, ses cousins. Je me suis demandé vraiment comment j'avais pu lire un tel tissu d'inepties jusqu'au bout. Pourtant, je pleurais, Adolphe Marlaud pleurait. Il avalait ses larmes, silencieusement. Il leur trouvait un goût bizarre, même pas salé. Et si son père l'avait surpris ? Oh non, il ne fallait pas qu'il fût pris sur le fait. Il était comme son père, un homme, un vrai, pas un pleurnichard. Qu'est-ce que ça pouvait lui foutre, à lui, les enfants juifs parqués dans un stade ? Il obéissait aux ordres. Il devait garder la tombe.

Il avait fait une boule de la lettre de Madame C., et il l'avait jetée à la poubelle ; puis, il était allé se laver soigneusement les mains, car il avait lu quelque part que la folie, cela pouvait être contagieux.

Ce 256e titre de l'Arbre vengeur a été achevé d'imprimer loin du cimetière Montparnasse et de la rue Froidevaux, en avril 2022.

Dépôt légal : 2e trimestre 2022

www.arbre-vengeur.fr